사랑 뒤엔 이별,
이별 뒤엔 사랑

사랑 뒤엔 이별, 이별 뒤엔 사랑

발행일	2017년 5월 19일		
지은이	조 득 균		
펴낸이	손 형 국		
펴낸곳	(주)북랩		
편집인	선일영	편집	이종무, 유재숙, 권혁신, 송재병, 최예은
디자인	이현수, 이정아, 김민하, 한수희	제작	박기성, 황동현, 구성우
마케팅	김회란, 박진관		
출판등록	2004. 12. 1(제2012-000051호)		
주소	서울시 금천구 가산디지털 1로 168, 우림라이온스밸리 B동 B113, 114호		
홈페이지	www.book.co.kr		
전화번호	(02)2026-5777	팩스	(02)2026-5747

ISBN   979-11-5987-579-3 03810(종이책)   979-11-5987-580-9 05810(전자책)

이 도서의 국립중앙도서관 출판예정도서목록(CIP)은 서지정보유통지원시스템 홈페이지(http://seoji.nl.go.kr)와
국가자료공동목록시스템(http://www.nl.go.kr/kolisnet)에서 이용하실 수 있습니다.
(CIP제어번호 : CIP2017011456)

(주)북랩 성공출판의 파트너

북랩 홈페이지와 패밀리 사이트에서 다양한 출판 솔루션을 만나 보세요!

홈페이지 book.co.kr	자가출판 플랫폼 해피소드 happisode.com
블로그 blog.naver.com/essaybook	원고모집 book@book.co.kr

사랑 뒤엔 이별,
이별 뒤엔

사랑♡

조득균 시집

북랩 book Lab

머리글

　우리를 살아가게 만드는 힘은 사랑입니다. 누군가를 진심으로 사랑하는 것, 진정으로 누군가에게 사랑받는다는 것은 당신에게 가장 큰 힘이 될 것입니다.

　세상의 모든 행복 중에서 가장 큰 행복도 사랑에서 시작되고, 세상의 모든 고통 중에서 가장 큰 고통도 사랑을 통해서 경험하게 됩니다. 이렇듯 사랑은 세상에서 가장 부드러우면서도 강한 힘을 지녔습니다.

　당신이 진심으로 아끼고 사랑하는 사람이 따스하게 대해주면 기쁨과 행복감을 느끼지만, 기대에 부응하지 못하면 서운한 마음이 들기 마련입니다. 심한 경우에는 누군가 실연을 당했을 때 망연자실하여 삶의 의미를 완전히 잃기도 합니다. 이처럼 사랑은 긍정적인 감정과 부정적인 감정이 동전의 양면처럼 존재합니다.

더는 가슴 아픈 사랑으로 상처받지 마세요. 앞으로는 사랑하는 사람과 기쁨과 슬픔, 좋은 것과 나쁜 것까지 함께 나눌 수 있는 배려가 깃든 아름다운 사랑을 꿈꾸세요. 그리고 진실과 믿음으로 사랑하세요.

　두 사람의 사랑에는 헌신과 배려가 필요합니다. 진정한 사랑은 아름다움이 아닌, 아픔을 사랑하는 것입니다.

　대체로 시각적인 면이 강한 남성은 사실에 초점을 둔 직접적 대화를, 정서적인 면이 강한 여성은 감정에 초점을 둔 간접적 대화를 선호하는 경향이 있다는 차이를 이해하면, 참된 사랑을 가꾸어가는 데 도움이 될 것입니다.

2017년 5월
햇살이 따사로운 어느 날
조득균

목차

2부
만남이 있으면 이별도 있다

3부
그리고 또다시 만남이 있다

4부
이제야 깨달았다, 이별도 사랑이었음을

1부

사랑 그리고 이별

오래오래

___

길을 오래 걷다 보면 다리가 아픈 것처럼

그를 오래 사랑하면 마음이 지칠 때도 있다

이
별
의

길
이

이별의 길이
이렇게 멀고도 험할 줄은 몰랐다

칠흑같이 어두운 긴 터널을
언제쯤이면 빠져나갈 수 있을까

이별의 아픔과 슬픔 ─

이별의 아픔을 참지 말고
울고 싶은 만큼 울어요

이별의 아픔도 슬픔에 잠겨
더는 당신을 괴롭히지 못할 거예요

새벽 2시

시곗바늘이 새벽 2시를 가리키던 어느 날
내 한쪽 귓속으로 서글픈 노래가 흘러들어왔다
이내 세상에서 가장 슬픈 눈물이 돼 흘러나왔어

사랑해 그리고 미안해

아직 널 사랑해
라고 다시 한번 말하고 싶었어

그땐 정말 미안했어
라고 다시 한번 말하고 싶었어

우리 다시 시작해볼까
라고 다시 한번 말하고 싶었지만
그게 잘 안 돼

어제나 당신 생각뿐

바삐 살아가다 보면 네가 잊힐까
과중한 업무 속에 파묻혀 살아가도
뜬금없이 친구를 찾아가 의미 없는 시간을 보내도
내 머릿속엔 온통 네 생각뿐이야

가끔

가끔 네가 떠올라
아침에 눈을 떴을 때도
밥을 먹다가도
길을 걷다가도

길을 걷다 우연히 널 보았어
네 옆에 나란히 걷던 그 사람 참 멋지더라

우리도 함께 길을 걷던 때가 있었는데
그땐 네 옆에서 투덜거리기만 한 나였는데
그때가 너무도 그립다

서촌에서

서촌의 어느 길 한쪽에서
고개를 들고 하늘을 바라보았어
맑은 구름이 웃음을 머금고 있더라
마치 네가 날 보며 웃고 있었던 그때 그 모습처럼

추
억

우리의 지난 사랑도
추억으로

우리의 지난 아픔도
추억으로

우리의 지난 모든 것들을
이제는 추억 속으로 떠나보내야겠지

그
녀
의

뒷
모
습

———

종로의 어느 카페 창가에 앉아 있던 너
우리가 이렇게나마 한 번쯤 마주치는 걸까

그녀의 뒷모습은 너와 너무도 닮아 있었어
너를 잊지 못한 나의 기억이 자꾸만 널 만들려 해

너와 함께했던 시간

너와 함께 들렀던 카페
너와 함께 즐겼던 영화관
너와 함께 떠났던 여행지
내가 종종 바래다주었던 너의 집 앞까지
다 그대로인데 왜 우리만 달라졌을까

겨
울
과　봄

그 사람은 어떠니
너에게 잘해주니

내가 겨울이었다면
그 사람은 봄이겠지

너의 맘을 꽁꽁 얼어붙게 하였던 나
이제는 상처받은 너를 포근히 감싸줄 그 사람 곁에서
행복하길 바랄게

기억의 고통

한 사람을 잊는다는 게
이렇게 힘이 들 줄은 몰랐어

이별의 아픔이
이렇게 고통스러울 줄은 몰랐어

매정

다른 사랑 찾아 떠나가란 너의 그 말에
미워하고 원망도 해봤어

근데 미움도 잠시더라
널 그리워하는 내가 바보스럽기만 해

그
때
의
너
와
나

사랑하는 사람들은 서로의 그림자만 보아도
가슴이 일렁거린다고 한다

사랑하는 사람은 미움이 없고
미워하는 사람은 사랑이 없다고 한다

그때의 너와 나의 사랑도 그랬을까

착각

함께 웃고 울었던 소중한 시간 속에서
같은 하늘을 보고 같은 꿈을 꾼다고 생각했어
지금 생각해보니 그건 나만의 착각이었겠지

지독한 감기

그대 이름 언제쯤 잊을 수 있을까요
약을 먹어도 낫지 않는 지독한 감기처럼
그대 이름 내 몸 한구석에 깊이 박혀 있네요

봄꽃 같은 당신

따스한 햇살이 반짝이는 봄이 왔다
거리 곳곳엔 활짝 핀 형형색색의 꽃들이 나를 반긴다
왠지 설렘이 가득한 하루

가만히 생각해보니
꽃이 피어서가 아니라
당신이 내 곁에 있기에 봄이 온 것이다

누군가 그랬지
이별할 땐 더 사랑했던 사람이 덜 아프다고
과거에 이별을 경험했던 나도 그랬던 거 같아

이별이 오면
후회 없이 사랑한 사람은 오히려 담담하다는 것을

다시 만나 똑같이 사랑한다고 해도
지금보다 더 사랑할 수 없다는 것을

되돌리고 싶은 시간 ——

오늘도 싶다
내일도 싶다
모레도 싶다

쉽지 않았던 너와 나의 사랑
시간을 거꾸로 돌린다면 그때로 되돌아가고 싶다

회
상

눈을 감고 떠올려도
눈을 뜨고 떠올려도

예전에 활짝 웃던 너의 미소
내 기억 속에서 지워지질 않아

사 랑 의 자 격

사랑 행복 믿음 진실 그리고 지혜
사랑하면서 지녀야 할 것들

진짜 사랑은
밀고 당기기를 하지 않는다

진짜 사랑은
사랑하는 만큼 온전히 주어야 한다

무엇을
진실한 사랑을

비
대
칭 균형

___

두 사람의 사랑이 똑같을 수 있을까
한쪽이 조금 덜 사랑하는 사람이 있다면
조금 더 사랑하는 사람이 있기 마련이다

오
해

당신에게 투덜댄다고
당신에게 섭섭해 한다고
오해하지 마세요
그가 당신을 더 사랑한다는 뜻이에요

차
이

보여주지 않는 것과
보여줄 게 없는 것은 분명히 다르다
당신의 그 사람은 어떤가요

느낌

당신의 그 남자에게서
당신의 그 여자에게서
가슴속에서 끓어오르는 따스함을 느꼈을 때
당신은 진짜 사랑을 하는 거예요

번뇌

오래된 자동차가 자주 멈춰 서듯
내 사랑도 자주 어긋날 때가 있다
그럴 땐 더 늦기 전에 과감히 멈춰 서라
잘못됐다는 것을 알면서도 출발한다면
문제는 또 발생한다

사랑이 사치라고 생각할 만큼
일에 치여 바삐 살아가는 당신

지금부터 조금씩 사랑하세요
사랑할 시간은 그리 많지 않아요

사랑의 힘

누군가를 사랑하게 되면
그 사람을 위해 좋은 사람이 되려고 노력하죠
이러한 힘은 사랑에서 나온다고 하네요
그러니 당신도 사랑하세요

완벽함과 부족함

이 세상에 완벽한 남자가 있을까
이 세상에 완벽한 여자가 있을까

이 세상엔 모자란 남자가 대부분
이 세상엔 모자란 여자가 대부분

완벽이란 것은 없어요
서로의 부족함을 이해하고 채워줄 수 있는 것이 사랑이죠

2부

만남이 있으면 이별도 있다

과
거
의
시
간

행복했던 시간만 사랑이었을까
아쉬웠던 시간도 사랑이었을까

가끔은 이별의 시간도
가슴 아팠던 사랑으로 기억되고 싶다

진실한 멋진 남자는
여자를 떠나보내지 않는다

진정한 멋진 여자도
남자를 뒤돌아서게 하지 않는다

그런데 사랑하는 여자를 떠나보내야 했죠
바보, 멍청이, 겁쟁이들아
우리 다시는 만나지 말자

기
대

기대가 큰 만큼
실망도 커지죠

기대가 낮은 만큼
기쁨은 배가 되죠

사랑하는 사람이 있다면
기대하지 마세요

당신의 사랑을
계산하지 마세요

버
림

사랑은
나 자신을 버리고
내 시간도 버리고
내 모든 것을 버려도
아까워하지 않는 거예요

기억력

난 길치에 기억력도 좋지 않은데
너의 집, 너의 전화번호, 너의 생일
네가 좋아했던 모든 것을 왜 잊지 못하는 걸까

모름과 앎

사랑을 모를 땐 부지런해지고
사랑을 알 땐 게을러진다죠

너를 잘 모를 땐 자상했던 내가
너를 잘 알고 나면서 무덤덤해졌어

미안했고
지금도 미안했던 마음뿐이야

관
심

작은 사랑을 어떻게 하면 커다랗게 키울 수 있을까
당신의 관심은 더할 나위 없는 최고의 영양분입니다

지
그
시

사랑은 강요가 아니에요
아무리 원하고 간절해도
상대가 원하지 않는다면
그저 바라봐줘야 하는 거예요

무덤덤

이별 이후
매일같이 눈물을 쏟아냈다
아무리 펑펑 쏟아내도 멈추질 않았다

시간 지난 이후
가슴이 저며 올 만큼 아팠지만
이젠 눈물이 나지 않는다

이별의 상처가 아문 것일까

빨
강

그녀의 새빨간 입술이 닿자
내 몸이 빨갛게 익어가네요

터질 듯 쿵쾅거리는 심장 소리
새로이 시작된 사랑도 무르익어가겠죠

과유불급

사랑도 과유불급(過猶不及)
너무 뜨거운 사랑도
너무 차가운 사랑도
진정한 사랑이 아니었음을

조금씩 그리고 천천히
따스함을 느낄 수 있었던 사랑이야말로
진정한 사랑이었음을

공부를 잘하는 비결이 있고
노래를 잘하는 비결이 있듯
사랑도 잘하는 비결이 있죠

감
사

나를 사랑해줘서
내가 사랑할 수 있게 해줘서
당신을 진심으로 사랑합니다

생각하면

당신을 생각하면
기분이 좋아져요

당신을 생각하면
고마운 마음뿐이죠

당신을 생각하면
너무나 행복해요

당신을 생각하면
내 모든 것을 주고 싶어요

전
부
───

당신을 만나고 세상을 알았죠
당신으로부터 고된 삶을 살아가는 힘도 얻었죠

그런 당신은 내게 전부였어요
오늘 길을 걷다 문득 푸르른 저 하늘에 당신을 그려봅니다

미
소

사랑하면
길을 걷다 누군가 내 어깨를 툭 치고 지나가도
옅은 미소를

미세먼지로 뒤덮인 뿌연 밤하늘 속 별빛을 보아도
환한 미소를

고된 일과를 마치고 힘겹게 발걸음을 옮겨도
행복한 미소를 짓게 되네요

힘겨움

———

정말 널 좋아했는데
정말 널 아꼈었는데
정말 널 사랑했는데
아직도 해줄 게 너무나 많은데

내게 조심스레 건넨 이별
난 도저히 감당이 안 돼

잘해주지 말걸 그랬어
이해하지 말걸 그랬어
기다리지 말걸 그랬어
널 사랑하지 말걸 그랬어

이
유
___

남자 "내가 왜 좋아?"
여자 "그냥"

남자 "뭐야 그런 게 어디 있어"
여자 "사랑에는 이유가 없어"

정말 사랑에는 이유가 없는 걸까

당
신

당신은 아기자기한 캐릭터를 좋아했고
당신은 달콤한 초콜릿을 좋아했고
당신은 양초 만들기를 좋아했고
당신은 글쓰기를 좋아했고
당신은 영화 보기를 좋아했고
당신은 구두보다 운동화를 좋아했고
당신은 한때 나를 사랑했고
지금의 당신은 어디선가 나를 미워하고 원망하고 있겠죠

활력소

지루했던 삶에 활력이 생기고
세상의 모든 것이 아름다워 보이고
친구에게서 이뻐졌다는 말을 듣는다면
당신은 누군가를 사랑하는 거예요

사
랑
은
수
학

내가 좋아하는 그가 다른 사람을 갈망해요
나는 나를 좋아하는 사람을 외면하기도 했죠
사랑에는 '쉽다'라는 말이 통하지 않아요
그래서 사랑이 어렵나 봐요

두근거림

둔하디둔하던 심장이 서서히 뛰네요
시간이 지날수록 걷잡을 수 없이 두근거려요
당신을 만나러 황급히 달려갔던 그 심장 박동과 닮았네요

알
수
없다

이별의 아픔을
시간이 해결해준다고 생각했어요
그런데 그게 아니었나 봐요

You Are My Sunshine ——

당신이 있기에
환한 미소를 되찾은 것 같아요

가만히 있으면 사랑이 저절로 찾아오지 않아요
남자를 만나려면 남자가 많은 곳에 가야 하죠
여자도 마찬가지예요
사랑을 찾으려고 노력해야 사랑이 찾아옵니다

봄날

이별 이후
상처받은 가슴이 설렘으로 다시 뛰기 시작했어요
내 가슴속에 사랑의 꽃이 다시 활짝 핀 걸까요
추운 겨울이 지나고 따사로운 봄날이 찾아왔네요

새
살

아픔을 겪고 난 뒤에야 새살이 돋듯
가슴 아픈 이별의 상처에도 곧 새살이 돋아날 거예요

적응
———

새로 산 신발이
이전에 신었던 신발처럼
곧바로 편하지 않은 것처럼

새로 만난 사람이
예전에 그 사람처럼
짧은 시간 안에 잘 맞지는 않을 거예요

사랑에도 적응하는 시간이 필요합니다

단
계

시작의 설렘
풋풋한 사랑

배려와 기다림
깊숙한 상처

눈물과 아픔
그리고 이별

좌
절
금
지

감당하기 힘든 이별을 겪었다고 해서 좌절하지 마세요
고통스러운 이별 뒤에도 새 사랑은 어떻게든 올 거예요

내면의 아픔까지도

가장 힘들 때 곁을 지켜주는 친구가 진짜 친구인 것처럼
아픔까지도 함께할 수 있는 사랑이 진짜 사랑입니다

3부

그리고 또다시 만남이 있다

핑계 대지 마

오늘은 야근이 있어서
오늘은 과제가 있어서
오늘은 약속이 있어서

늘 바쁘다는 당신

사랑할 시간이 없다는 말은
사랑할 마음이 없다는 말이에요

그 남자, 그 여자의 첫인상에 속지 마세요
멋들어지고 단아한 모습에 이끌려
제멋대로 꾸며낸 이미지들은
막상 사랑을 시작할 때
전혀 다른 현실로 나타나
후회감에 사로잡힐 수 있다는 것을 명심하세요

겉과 속

편안함

사랑은 넓디넓고 화려한 집이 아닌
작더라도 오래도록 편안하게 쉴 집이어야 해요

사랑하면
하루가 길고

무엇을 해도
그대를 생각하죠

이 세상에
그대를 만나는 일보다
더 중요한 일도 없을 거예요

당신이 최고

오
직
사
랑
만
을

이별 뒤에 사랑
사랑 뒤에 이별

이별은 사랑을 낳고
사랑은 이별을 낳죠

이제부터는 사랑만 할래요

혼자되는 게 두려워
이별을 미루고

또다시 혼자되는 게 두려워
사랑을 미루고

힘을 내요 그리고 용기를 가져요
이별도 사랑도 천천히 당겨보세요

미루지 마세요

후회는 없다

그가 거지 같은 놈이었건
그가 못된 놈이었건
그가 정말 밉지만
그를 사랑했던 내 마음만은 부끄럽지 않아요

가장 행복했던 시간
가장 두려웠던 시간
가장 구슬펐던 시간
가장 괴로웠던 시간

소중한 삶 속에 이 모든 시간은
당신이 있었기에 가능했어요

너와 함께한 모든 시간

회
복

우연히 다른 남자와 같이 있는 걸 봤어
가슴이 찢어질 줄 알았는데 아무렇지 않더라

우연히 다른 여자와 같이 있는 걸 봤어
눈물을 왈칵 쏟을 줄 알았는데 아무렇지 않더라

깊었던 사랑의 상처가 아물어 이제는 아픈 줄도 모르나 봐

혼자여도 좋지만
둘이면 더 행복하지 않을까

좋은 것도 좋은데
행복하면 더 좋지 않을까

혼자보다 둘

또
다
시

이름이 뭐예요
무슨 일 하세요
어디 살아요
취미가 뭐예요
좋아하는 음식은 뭐예요

2년 전 당신에게 물어보았던 질문들
새로운 사람을 만나 또다시 시작하네요

한번 깨진 유리잔에 새로운 물을 담을 수 있을까
깨지고 남은 잔 위에 소량의 물은 담을 수 있지만
온전한 유리잔에 가득 채울 만큼의 물은 담을 수 없듯
한번 상처받은 사랑은 깨진 유리잔과 같다

깨진 유리잔

비
움

언젠가는
그 사람보다 더 좋은 사람을 만날 거예요

그날이 오늘이 될 수도 있고
내일이 될 수도 있지만
그 사람을 채워놓았던 자리를 비워내는 일도 중요합니다

이별을 겪은 후에
내 마음속을 허락 없이 수시로 드나드는 감정이 있었으니
이름하여 미움 그리고 그리움
미워하다가 그리워하고, 그리워하다가도 미워하고
너희들은 마치 떼려야 뗄 수 없는 형제 같아

미움 그리고 그리움

상처에는 약

이별의 상처는
시간이라는 약으로 나을 수 있을까

나는 약을 덜 먹었나 봐
아직도 아픈 걸 보니

하룻밤 사랑은 담배 연기처럼 쉽게 사라지고
오래된 사랑은 쉽게 녹슬지 않는다

오
래
된
사
랑

첫 만남

햇볕이 좋은 날
내 마음엔 비가 내리네

살랑이는 봄바람
간질간질 내 귓가를 괴롭히네

두근거리는 첫 만남
당신에게 나의 심장 소리를 들켜도 마냥 좋네

차가운 사랑으로 상처받은 너
따뜻한 사랑으로 치유하면 돼

상
처
와
치
유

이제는 그를 놓아 주세요

깨진 사랑에 너무 오래 얽매이지 마세요
계속 붙들고 있으면 이별이라는
날카로운 조각에 더 크게 다칩니다

남자 "곧 우리 기념일이네
뭐 갖고 싶은 거라도 있어"

여자 "응 하나 있어"

남자 "뭔데?"

여자 "바로 당신"

당신은 그에게 최고의 선물입니다
그 어떤 보석과도 비교할 수 없죠

바로 당신
—

이별의 선물

이별의 고통도
그가 남긴 하나의 슬픈 선물입니다

지금의 사랑이 마지막인 것처럼
뜨겁게 사랑하세요
사랑은 언제 또 변할지 몰라요

마지막 사랑처럼

나
처
럼

얼마나 더 아파해야 상처가 아물까요
얼마나 더 울어야 눈물이 메마를까요
얼마나 그리워해야 기억 속에서 잊힐까요
당신도 나처럼 지금 어딘가에서 이렇게 아파하나요

사랑은
두 사람을 온전한 하나로 만들고

이별은
온전한 하나를 아무것도 아닌 영으로 만든다

하나에서 영으로

성큼

쓸쓸함에 외로움이 커질 때 즈음
어느새 이별이 성큼 다가왔음을

쓸쓸함과 외로움에 무뎌져갈 때 즈음
혼자가 된 내 모습이 조금은 익숙해졌음을

쓸쓸함과 외로움에 지쳐갈 때 즈음
사랑의 향기가 설렘을 타고 은은하게 풍겨왔음을

사랑해
아이러브유
워아이니
아이시테루

세상의 모든 언어로 널 사랑한다 말해도
사랑스러운 널 담기에는 부족한 것 같아

사랑의 언어

이별의 언어

잘 가
굿바이
짜이찌엔
사요나라

'잘 가'라는 말이 우리말이 아닌
외계어였다면
내 가슴이 이렇게까지 아프지 않았을 텐데

어둡고 깜깜한 이별의 터널을 지날 땐
헤아릴 수 없는 슬픔과 고통이 밀려온다

제아무리 노력하고 발버둥 쳐보아도
길고 긴 이별의 터널은 끝이 보이지 않는다

숨을 크게 들이마시고 눈을 지그시 감는다
그리고 마음속으로 외치세요. 이 또한 지나가리라

발버둥

지
금
은
아
니
야

내 허락도 없이 갑자기 들이닥친 이별
오늘은 너무 늦었단다
부탁할게
다음에 오면 안 되겠니

저 나무에 깊이 박혀버린 대못
뽑히지 않을 것만 같다

내 가슴에 깊이 박혀버린 상처
제발 누가 좀 뽑아주세요

깊이 박히다

세
글
자

'사랑해'라는 세 글자로 시작된 우리의 사랑
너무나 달콤했고 그 누구보다 행복했다

'미안해'라는 세 글자로 끝나버린 우리의 사랑
4년이란 시간이 무색할 만큼 너무나 쉽게 뒤돌아섰다

사랑해, 미안해 똑같은 세 글자인데
그 의미는 천국과 지옥을 넘나들게 한다

시작이 있다면 끝이 있고
끝이 있다면 시작도 있는 법

이별할 땐 소나기처럼 눈물을 쏟지만
이내 그 눈물이 새 사랑의 꽃을 피우리라

시작과 끝 그리고 끝과 시작

4부

이제야 깨달았다.
이별도 사랑이었음을

거
품

지난 몇 년간 미치도록 사랑했었는데
거품같이 사라져버린 우리의 사랑
이젠 아무것도 아닌 게 돼버렸네

내년 봄에는

모든 걸 다 바쳤는데
또다시 혼자가 되고 말았다

그 향기롭던 꽃은 거센 바람이 불어오자
앙상한 줄기만 남긴 채 자취를 감추었다

내년 봄에는 나만의 향기를 품은
아름다운 꽃을 되찾을 수 있을 거야

달콤함과 짜릿함

내 입술 위에
살포시 포개져 있던 그의 입술

심장의 두근거림 속
달콤함과 짜릿함의 공존

가끔 그때 그 느낌이 그립다

멋진 새 옷을 입은 나의 모습을
친구들에게 자랑하고 싶은 것처럼

멋지고 아름다운 당신을
친구들에게 금방이라도 소개해주고 싶어요

버려진 옷과 버려진 나 ─

너무 오래 입어서
그냥 싫증이 나서
버리기로 한 옷들

그때의 내 모습도
당신에게서
버려진 옷들과 같았을까요

나의 경험

이별
상처
치유
그리고
사랑

행복하세요

잘 지내니?
아프진 않니?
그 사람은 잘해주니?

날 두고 떠난 널 미워하진 않을게
가슴 한편에 담아둔 널 이제는 보낼게
꼭 행복해야 해

보
고
싶
다

날 버린 당신
미워하고 또 미워해야만 하는데
오늘따라 당신이 미치도록 보고 싶네요

한걸음 다가가기

두려움에 다가가지 못했어요
그리움에 사로잡혀 엉엉 울었죠

한 번쯤 뒤돌아봐줄 수도 있을 텐데
그대 너무나 멀게만 느껴지네요

점점

몇 번씩 지워봐도
수백 번 욕해봐도

당신을 사랑했던 기억은
점점 선명해져만 가네요

사랑 안 할래

이제 떠나라 하면 나는 어떡해
당신만을 믿었던 나는 어떡해
나 두 번 다신 사랑하지 않을래

이 세상 최고의 행복은
사랑하는 사람에게
사랑받고 있음을 느끼는 순간이다

뒷걸음질

사랑이 제자리에 멈췄어요
사랑이 앞으로 더 나아가질 않아요
사랑이 자꾸만 뒷걸음질 치네요
또다시 이별이 온 걸까요

헤어짐은 사랑했던 시간이 무색할 만큼
눈 깜짝할 사이에 결정된다

조
금
더

음식을 많이 먹을수록 살이 찌듯
시간이 길어질수록 우리의 사랑도 깊어가기를

이만큼 사랑했으면 됐어

이런 못난 놈아
후회 없이 사랑했잖아

이제는 놓아주자
어디에 계시든 부디 행복하세요

슬픔 ────

눈물이 흐르지 않는데
눈물이 흐르는 것처럼
슬픈 이유는 뭘까

제
각
각

사람마다 생김새가 다르듯
사랑의 생김새도 제각각이죠

어떤 사랑은 우울하고
어떤 사랑은 힘이 들고
어떤 사랑은 아름답고
어떤 사랑은 행복하죠

당신도 아름답고 행복한 사랑을 하세요

이별의 뜻

이별로 혼자가 됐다면
더 이상 슬퍼하지 말아요
더욱 성숙해지고 있다는 뜻이니까요

이렇게 빨리
다른 사람이 생길 줄은 미처 몰랐어

우리의 지난 사랑이
저 하늘의 구름만큼이나 가벼웠을까

별것도 아닌 사랑을 했던
별것도 아닌 놈

지금처럼

언제나 고마워
내 곁에 있어줘서
우리 지금처럼만 사랑하자

다시 못 올 시간인 줄 알았다면
조금 더 잘해줄 걸 그랬어

이렇게 미안할 줄 알았더라면
조금 더 잘해줄 걸 그랬어

그리움으로 남을 줄 알았더라면
조금 더 잘해줄 걸 그랬어

뒤돌아보지 마

떠날 땐 그냥 떠나가
절대로 뒤돌아보지 마
내가 더 힘들어질 것만 같아

괜
찮
아

걱정하지 마
난 괜찮아질 거야

이별도 사랑일까

누군가는 이별도 사랑이라던데
그런데 말이야
난 왜 이별까지 사랑할 수 없는 걸까

사랑을 시작했을 때
너에게 사랑을 배웠고

이별이 다가왔을 때
너에게 이별을 배웠어

두
고
봐

나를 불쌍하다는 눈으로 쳐다보지 마
나 어떻게든 이겨낼 거야
꼭 이겨낼 거야
그리고 너 보란 듯이 행복할 거야

아
주
가
끔

가끔 아주 가끔
당신이 행복하지 않았으면 좋겠어요
어쩌면 내게 돌아올 수도 있잖아요

그
립
지
않
아

슬프다
더는 당신이 그립지 않아서
슬프다

내가 다가갈게요

당신이
한 발짝 멀어지면
한 발짝 다가가고

두 발짝 멀어지면
두 발짝 다가가고

세 발짝 멀어지면
세 발짝 다가갈게요

더
많
이

더 많이 이해하고
더 많이 아껴주고
더 많이 용서하고
더 많이 사랑할게

밤하늘에 반짝이는 두 개의 별처럼
우리의 이별도 아름다울 수 있을까

우연히라도 마주치길

당신이
꿈속에 나타나고 눈앞에 아른거릴 때
우리가 자주 걷던 길을 걷다 보면
한 번쯤 마주칠 수 있을까

그 사람, 그 사랑

그 사람 때문에
그 사랑 때문에
죽을 것만 같아요
그렇지만
그 사람으로 인해
그 사랑으로 인해
살아갈 힘을 얻어요